뒤바뀐 여름 방학

그림 **젬제이**

낙서하기를 좋아하던 어린이가 어른으로 자라 그림을 그리는 작가가 되었습니다. 고양이 비루와 함께 원더랜드를 찾아 모험을 떠나는 중이며 언젠가 그 이야기를 그림으로 들려줄 꿈을 꾸고 있습니다. 그린 책으로는 〈나한테 왜 이래?〉, 〈걱정신호등에 빨간불이 켜져요!〉, 〈부웅~ 날아 탁! 쏘았지〉 등이 있습니다.

뒤바뀐 여름 방학

글 고상한 그림책 연구소 | 그림 젬제이

상상의집

“어휴, 땀 냄새.”

지우는 운동을 마치고 들어온 준혁이를 흘겨보았어요.

“얼굴 허연 너보다 낫거든?”

깔끔쟁이 지우와 개구쟁이 준혁이는 눈만 마주치면 싸워요.

생활계획표
꿈나라

다행히 내일부터 여름 방학이랍니다.
“방학을 어떻게 보낼지 각자 계획을 세워 봐요.
한번 세운 계획은 꼭 지키기로 해요.”
선생님 말씀에 준혁이와 지우는
신이 나서 계획표를 그리기 시작했어요.

Sketch Book

지우는 공부로 계획표를 꽉 채웠어요.

“그거 지킬 수나 있겠냐?”

준혁이가 비웃자,

“놀기 투성이 네 계획표보다 백 배 낫거든?”

지우가 파르르 화를 냈어요.

“뭐라고? 말 다했어?”

화가 난 준혁이가 책상을 “쾅!” 내려치자,

책과 연필이 와르르 쏟아졌지요.

"거기 두 사람!"

선생님이 부르시자 지우는 얼른 책을 주워 담았어요.

준혁이도 잽싸게 떨어진 물건을 챙겼어요.

방학 첫날, 준혁이는 엄마의 잔소리에 겨우 눈을 떴어요.

"숙제는 미리 해야 하는 거 알지?

계획표대로 생활하는 거 잊지 말고."

"네네, 물론입죠."

준혁이는 까불며 대답했어요.

'그럴 줄 알고 내가 좋아하는 운동으로 꽉 채웠지. 헤헤.'

준혁이는 보란 듯이 계획표를 벽에 붙였어요.

꿈나라
휴식과 잘 준비
저녁식사
수학 문제집 풀기
도서관가기
세수
점심
영어 공부
한문 공부
휴식
6
7
8
9
10
3
2

"어머? 우리 아들. 영어 공부에 한자 공부에,
매일매일 도서관이라니. 철들었네."
엄마가 계획표를 보더니 함박웃음을 지었어요.
'어라?'
벽에 지우의 계획표가 붙어 있잖아요?

깜짝 놀라기는 지우도 마찬가지였어요.
"수영하기, 달리기……, 축구하기?"
이건 준혁이의 계획표예요!

“나가기 싫어하는 우리 딸이 웬일일까?
내일부터 엄마랑 수영장 다니자.
수영이 얼마나 좋은 운동이라고.”
지우는 울상이 되었어요.

GEM
자전거 타

계획표에 맞춰 책을 읽는 준혁이는

온몸이 근질거려 참을 수가 없었어요.

계획표 때문에 수영장에 온 지우는 물끄러미 물을 바라보기만 했어요.

웬일로 준혁이가 책상에 앉아 일기를 쓰고 있네요?
하지만 발로 축구공을 굴리며 개발새발 쓰고 있어요.

지우는 수영장 한쪽 구석에서 물장구를 쳤어요.

하지만 들어갈까 말까 여전히 고민하는 중이에요.

'수영장이나 가지. 도서관이라니.
지우는 뭐 이런 걸 계획했담.'
준혁이는 계획표에 떠밀려 억지로 도서관에 갔어요.

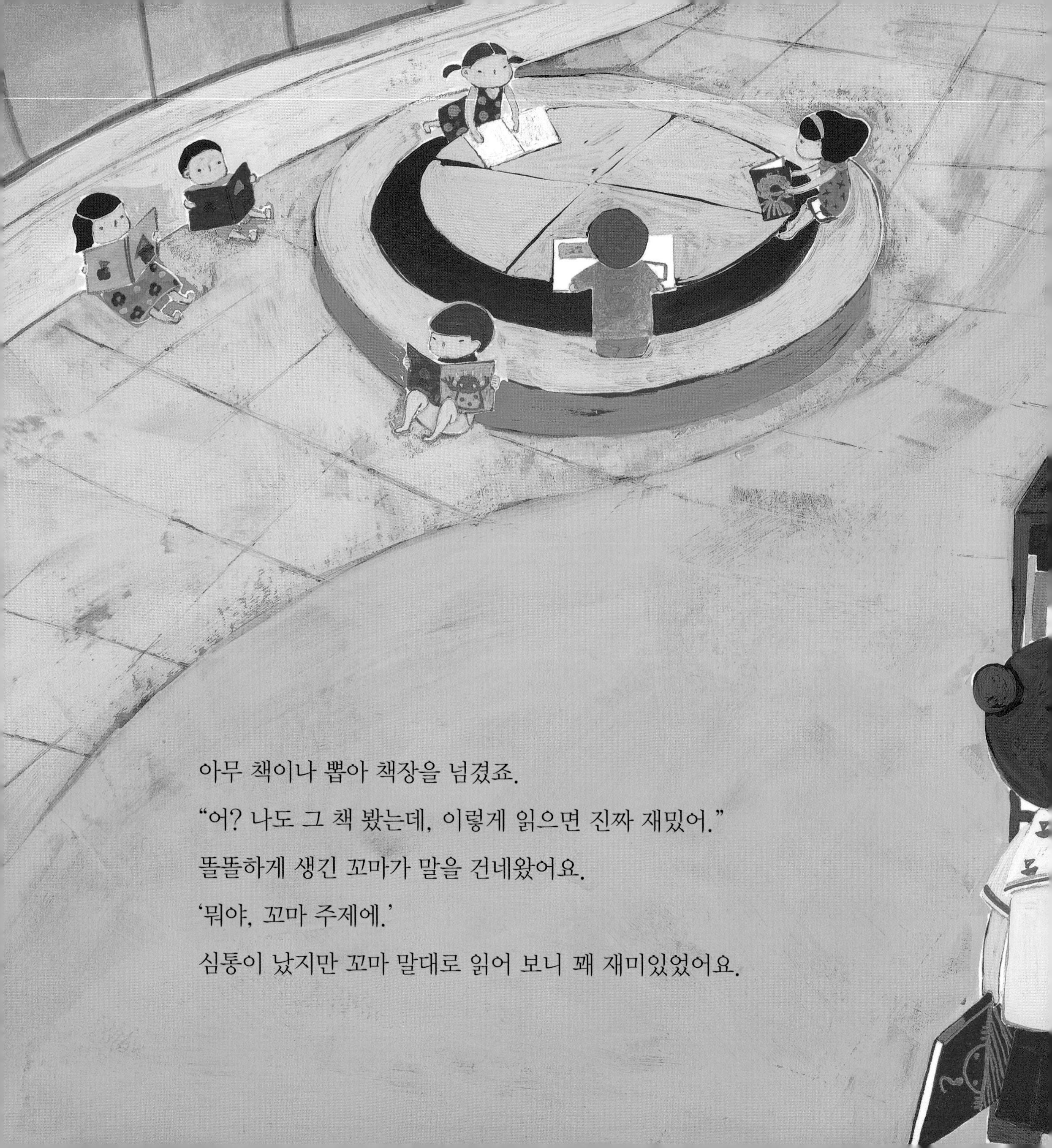

아무 책이나 뽑아 책장을 넘겼죠.
"어? 나도 그 책 봤는데, 이렇게 읽으면 진짜 재밌어."
똘똘하게 생긴 꼬마가 말을 건네왔어요.
'뭐야, 꼬마 주제에.'
심통이 났지만 꼬마 말대로 읽어 보니 꽤 재미있었어요.

11

"그래, 모르는 게 있으면 형에게 물어보렴."
꼬마의 엄마가 준혁이를 칭찬했어요.
'으, 사실 내가 배우고 있었는데…….'
준혁이는 얼굴이 빨개지고 말았어요.

지우는 킥보드를 잡고 간신히 물장구를 쳤어요.

그런데 공놀이하는 친구들을 피하려다 킥보드를 놓치고 말았어요.

"어푸, 어푸."

지우는 놀라 바둥댔어요.

"어푸. 살려 주세요!"

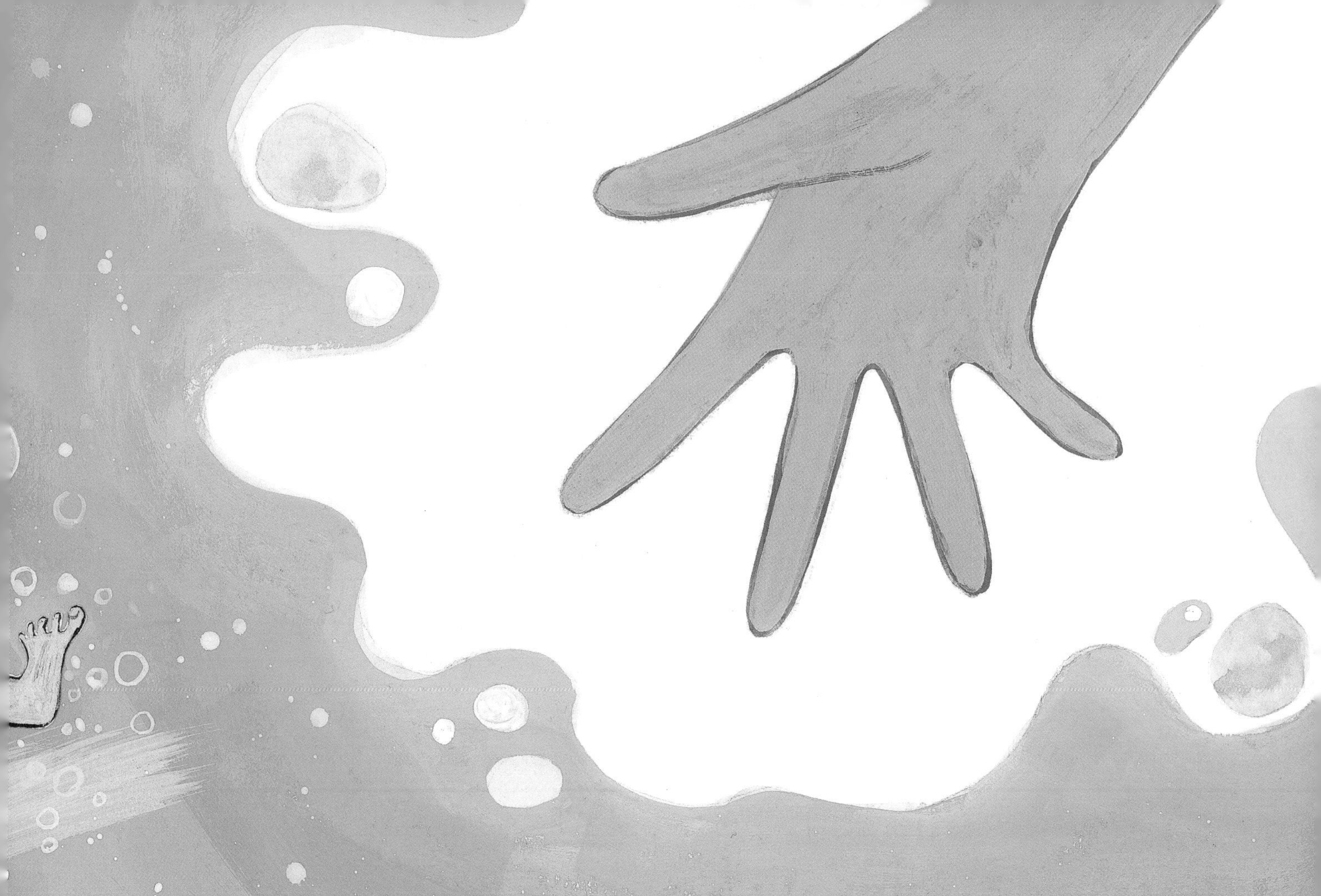

물이 코와 입으로 들어와 정신을 차릴 수 없었어요.
그때 누군가 지우에게 손을 내밀었어요.
지우는 손을 꽉 잡고 겨우 몸을 세웠지요.
그런데 이게 뭐예요? 발이 땅에 닿잖아요.

"괜찮아?"

민호 오빠가 빙긋 웃으며 말했어요.

지우는 그만 얼굴이 빨개졌어요.

'잉. 수영 잘 배워 둘걸.'

지우는 수영을 열심히 하겠다고 다짐했어요.

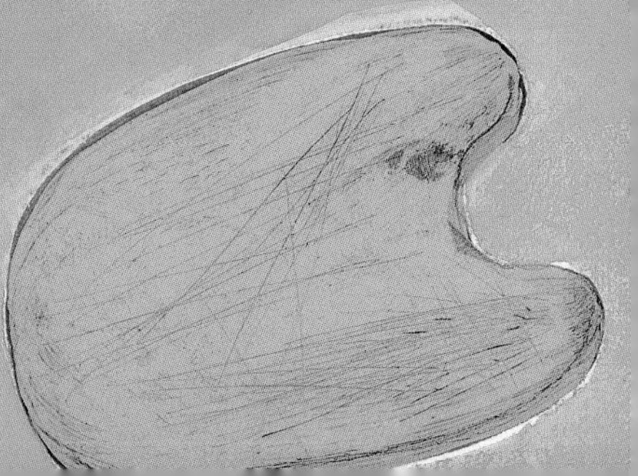

"우리 준혁이, 열심히 공부했으니 바다에 놀러 갈까?"

"야호!"

"우리 지우, 바다에서 수영 한번 해 볼래?"

"좋아!"

"어? 황준혁!"

"윤지우!"

두 사람은 바다에서 딱 마주쳤어요.

"겁쟁이 윤지우가 바다에는 웬일이냐?"

"이제 겁쟁이 아니거든.

내가 얼마나 수영을 잘한다고."

"너 혹시……."

"너도?"

둘은 배를 잡고 깔깔 웃었어요.

"우리 지우, 몸이 약해서 걱정이었는데
아주 건강해졌어요."
"우리 준혁이가 책 읽는 모습은
이번 방학이 처음이라니까요. 호호."
지우 엄마와 준혁이 엄마도 이야기꽃을 피웠지요.

5

드디어 여름 방학이 끝났어요.

“누가 황준혁이고, 누가 윤지우야? 얼굴색이 똑같잖아!”

친구들이 놀려대자 지우와 준혁이는 마주 보고 씩 웃었어요.

뒤바뀐 여름 방학은 최고의 여름 방학이었답니다.

8월 14일 수요일
일어난시간 6시 35분
잠자는시간 시 분
도서관
책
제목 : 도서관
책이 점점 재미있다
매일매일 여름 방
학이면 좋겠다. ^^

8월 10일 토요일

일어난시간 7시 00분

잠자는시간 시 분

수영장에서 수영을 했다. 민호 오빠가 칭찬해 주었다. 최고의 여름 방학이다!

생각 톡

★ 방학 생활 계획을 세워요!

학교에서 학기나 학년이 끝난 뒤 더위나 추위가 심한 동안 수업을 쉬는 일을 방학이라고 해요. 학교에 가지 않는 동안 무엇을 할까요? 아침 일찍 일어날 필요가 없으니 늦잠을 실컷 잘 수도 있고 가족들과 여행을 갈 수도 있어요. 또 그동안 시간이 부족해 읽지 못했던 책도 읽어야 하고 방학 숙제도 해야 하지요. 이렇게 방학에는 해야 할 일과 하고 싶은 일이 많이 있어요. 이 가운데 더 중요한 일이 무엇인지 따져 우선순위를 정하지 않으면 시간을 헛되이 보내기 쉬워요. 방학 숙제와 늦잠 자기 중 중요한 일은 무엇인가요? 늦잠 자기는 하고 싶은 일이지만 중요한 일은 아니에요. 따라서 꼭 해야 할 일인 방학 숙제를 먼저 해야겠지요. 우선순위에 따라 계획을 세우고 나면 이를 꼭 실천하겠다는 의지를 가져야 해요. 아무리 멋진 계획도 실천하지 않으면 아무 의미가 없으니까요.

생활 계획표를 만들고 나서 체크할 것들

- ☑ 하고 싶은 일과 해야 할 일 목록을 정했나요?
- ☑ 일의 중요성을 고려하여 우선순위를 정했나요?
- ☑ 꼭 실천할 수 있는 일인가요?
- ☑ 부모님과 의논하여 신중하게 계획했나요?

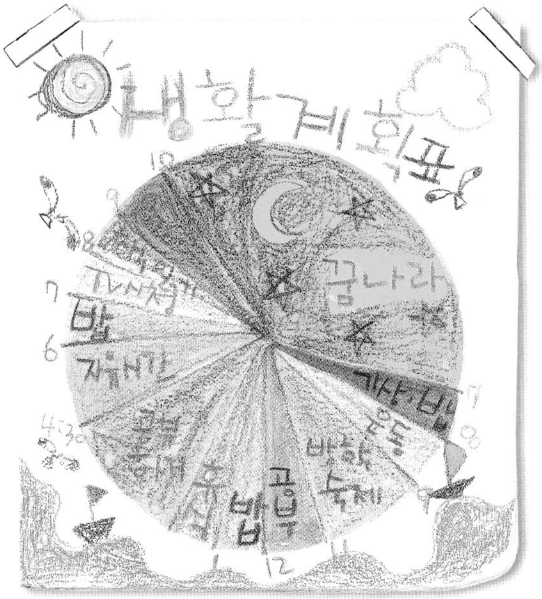

★ 방학 동안 지켜야 할 일을 알고 실천해요!

방학 동안 늦잠만 자거나 게임만 한다면 건강에도 좋지않고, 공부를 하는 데도 어려움이 생길 거예요. 그래서 학교에서는 방학 동안 꼭 해야 할 일들을 과제로 내 줘요. 바로 방학 숙제예요. 방학 숙제를 통해 학기 중에 부족한 공부를 더 할 수 있어요. 또 운동을 열심히 해서 체력을 튼튼히 하고, 음식을 골고루 먹는 등 규칙적인 생활을 하는 것도 방학 동안 꼭 지켜야 할 일이에요.

그럼 방학 동안 꼭 지켜야 할 일을 구체적으로 계획해 볼까요? 방학 동안 체력을 튼튼히 하기 위해 매일 줄넘기를 하기로 했다면, 언제 어디에서 줄넘기를 할 것인지 정해야겠지요? 친구와 함께 규칙적으로 줄넘기를 하고 하루에 몇 개를 했는지 꾸준히 기록해 보면 얼마나 계획을 잘 지켰는지 알 수 있답니다.

★방학에 배우고 싶은 것을 배워요!

학교를 다닐 때에는 하기 힘들지만 방학 동안에 배워 볼 수 있는 것에는 어떤 것들이 있을까요? 축구, 농구, 배구, 야구, 줄넘기, 자전거, 수영 등 다양한 스포츠를 배울 수 있어요. 리코더, 멜로디언, 피아노 등 악기 연주를 배울 수도 있고 식물이나 동물, 별자리 관찰을 위해 체험 학습장을 방문할 수도 있지요. 그리기, 만들기, 요리하기, 조립하기, 발명하기 등 평소에는 하기 힘들었던 활동들을 해 볼 수도 있겠지요. '내가 만약 ~을 배운다면, 나는 ~할 것이다.'라고 상상하며 배우려는 것에서 즐거움과 보람을 찾아보세요. 또 내가 세운 계획을 부모님께 보여 드리고 의논을 하면 내가 할 수 있는 것과 할 수 없는 것이 더욱 분명해질 거예요. 부모님과 이야기를 나눈 뒤 내가 할 수 없는 일이라면 실현 가능한 계획들로 고쳐야겠지요?

★ 가족과 함께 여행을 떠나요!

가족과 함께 떠나는 여행은 언제나 즐겁지요. 가족들과 함께 방학에 가고 싶은 곳을 이야기해 볼까요? 바다에 가고 싶다면 왜 바다에 가고 싶은지 이야기하고, 바다에 가서 할 수 있는 놀이에는 무엇이 있는지 함께 이야기해 봐요. 어떤 옷을 입을지, 무엇을 가지고 가야 하는지도 생각해 보면 좋겠지요. 산으로 여행을 간다고 해도, 계절에 따라 챙겨야 하는 것이 달라요. 여름과 달리 겨울에 산으로 여행을 갈 때는 따뜻하게 몸을 보호할 수 있는 모자, 마스크, 장갑을 챙겨야 해요. 젖은 옷을 입고 있으면 감기에 걸릴 수 있으니 여벌의 옷을 챙기는 것이 좋답니다. 가족들과 여행할 곳이 정해졌다면 언제 갈지 어떤 교통편을 이용할 것인지, 얼마나 머무를 예정인지 구체적인 계획을 세워야 해요. 여행 계획을 잘 세워야 앞으로 어떤 일을 할 것인지 예상할 수 있고 시간을 낭비하지 않게 됩니다. 또 정해진 시간을 더욱 보람 있게 보낼 수 있지요.

여름: 물놀이 안전하게 즐기는 법

- 물놀이를 하기 전에는 꼭 준비 운동을 해요!
- 어른이나 안전 요원이 지켜보는 곳에서 수영해요!
- 음식을 먹은 직후에는 물놀이를 하지 않아요!
- 30~40분 수영 후 10분씩 쉬어요.

겨울: 겨울 스포츠 안전하게 즐기는 법

- 옷을 따뜻하게 입어요.
- 안전을 위해 보호 장비를 해요.
- 겨울 스포츠를 즐기기 전에 꼭 준비 운동을 해요.
- 눈이 내린 후 길을 걷거나, 얼어 있는 길을 걸을 때 미끄러지지 않게 조심해요.

뒤바뀐 여름 방학

글 고상한 그림책 연구소 | **그림** 젬제이
펴낸날 2013년 3월 25일 초판 1쇄, 2018년 5월 16일 초판 4쇄, 2021년 11월 19일 개정판 1쇄
펴낸이 김상수 | **기획 · 편집** 이성령, 권정화, 조유진 | **디자인** 문정선, 조은영 | **영업 · 마케팅** 황형석, 임혜은
펴낸곳 루크하우스 | **주소** 서울시 서초구 사임당로 50 해양빌딩 504호 | **전화** 02)468-5057 | **팩스** 02)468-5051
출판등록 2010년 12월 15일 제2010-59호

www.lukhouse.com
cafe.naver.com/lukhouse

ISBN 979-11-5568-492-4 64800
ISBN 979-11-5568-490-0 (세트)

※ 잘못된 책은 구입처에서 바꾸어 드립니다.
※ 값은 뒤표지에 있습니다.

상상의집